D0963349

# BONSOIR
# LUNE

Margaret Wise Brown

# BONSOIR LUNE

Illustrations de Clement Hurd

l'école des loisirs
11 rue de Sèvres, Paris 6e

Dans la grande chambre verte
il y a un téléphone
et un ballon rouge
et un tableau...

... de la vache sautant par-dessus la lune

**et un autre avec trois oursons assis sur des chaises.**

Et deux petits chats
et une paire de gants

et une maison de poupée
et une petite souris

puis une brosse, un peigne et un bol plein de bouillie

**et une vieille dame calme, murmurant «chut!»**

Bonsoir chambre

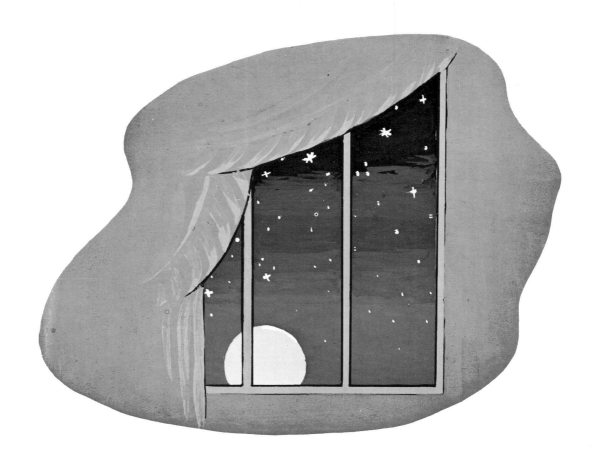

**Bonsoir lune**

**Bonsoir vache sautant par-dessus la lune**

Bonsoir lampe
Bonsoir ballon rouge

Bonsoir oursons
Bonsoir les chaises

**Bonsoir petits chats**

**et bonsoir les gants**

Bonsoir la pendule
Bonsoir les chaussettes

**Bonsoir maison de poupée**

**et bonsoir la petite souris**

Bonsoir peigne
Et bonsoir brosse

**Bonsoir personne**

**Bonsoir bouillie**

Et bonsoir vieille dame calme,
murmurant « chut ! »

**Bonsoir les étoiles**

**Bonsoir l'air**

Bonsoir les bruits de la terre